존재의 외침

존재의 외침

1판 1쇄 발행 2025년 2월 28일

저자 박승재

교정 신선미　**편집** 문서아　**마케팅·지원** 김혜지

펴낸곳 (주)하움출판사　**펴낸이** 문현광

이메일 haum1000@naver.com　**홈페이지** haum.kr
블로그 blog.naver.com/haum1000　**인스타그램** @haum1007

ISBN 979-11-7374-008-4(03810)

존재의 외침

—

존재의 외침

"나의 지나온 삶을 한마디로 규정한다면 어떤 말로 표현할 수 있을까?"

그녀와의 결혼생활 35년을 정의하는 것은 이 질문에서 시작되었다. 장모님은 우리 부부를 향해 자주 말씀하시곤 하셨다. 너희들은 나이 먹어서도 소꿉놀이하듯 산다고. 천상병 시인의 한평생이 소풍이었다면 아마도 나의 육십 년은 '소꿉놀이'로 표현될 수 있을 듯하다. 아내와 나는 함께 보내온 평생을 가시버시[1] 놀이를 하듯 살아왔으니까. 이 글들은 시집이라 명명하기 부끄러운 글모음이지만, 이 책 역시 동갑내기 육십 해를 맞이하여 신랑 놀이를 하던 내가 35년 동안 각시 역할에 더할 나위 없이 충실했던 아내에게 바치는 헌정용 선물이다.

이 책 『존재의 외침』은 5개의 장으로 구성되었다.

1장 「내 안에 속삭이는 달」은 주로 개인적인 신변잡기이거나 사색의 부산물들이다. 대부분의 글은 2018년부터 2019년 사이에 만들어졌다. 그 시기는 10년 가까이 다니던 직장을 자의 반 타의 반 그만두고 백수생활을 하던 시절이었다. 법정을 오가는 가장 불안정한 시기에 만들어진 글인지라 그 자체로 불안정하고 생각의 편린들이 들쭉날쭉한 경향이 있음을 고백한다.

2장 「그녀 눈동자에 뜨는 달」은 이 시집의 실질적인 탄생 동기이자 그

---

1) 신랑과 각시

녀가 간직하기를 바라는 나의 노래들이다. 별반 기대할 것 없는 모자란 남자와 평생을 같이할 어마어마한 용기를 내고, 결정하여 함께 살아온 어느 무모하게 용감한 그러나 내게는 더할 나위 없이 아름다운 내 여인에게 보내는 헌사이다.

3장 「가족을 품은 달」은 아내를 포함하여 아들들 그리고 부모님, 나를 둘러싼 혈연의 씨줄 아래 생성된 삶의 애환들을 다룬 글이다. 늘 아픈 손가락이 다시 한번 더 살피게 됨은 인지상정인지라 둘째에 대한 속상함 그럼에도 돌아올 탕아를 기다리는 부모의 심정으로 풀어나갔다.

4장 「창가에 깃든 달」은 나 그리고 우리 부부를 둘러싼 주변의 풍경, 그리고 단상들을 모아서 구성한 글이다. 소제목을 달긴 했지만, 전혀 생경한 내용의 글들이 포함될 수 있으리라. 그런들 어떠하리. 어차피 이 책은 오로지 일인의 행복을 위한 글임을 재차 확인한다.

5장 「세상을 비추는 달」은 햇빛은 물론 달빛마저 비켜 간 곳에서 아프고 눈물 나게 안타까운 일들을 모았다. 때로는 누군가를 추모하고 때로는 분노하고 그러다가 체념하기도 하지만 다시 눈 떴을 때 그래도 살아가는 지표면이 비록 삭막한 곳이지만, 그 안에서 놓을 수 없는 희망 찾기의 노래를 부르고 싶었다. 구겨진 정의일지라도 놓을 수 없는, 외면할 수 없는 안타까움으로 격하게 북을 두드리는 심정으로 쓴 글들도 있음을 밝힌다.

책의 구성물들을 모아 놓고 보니 책 한 권 분량은 얼추 되는 듯한데, 여전한 두려움은 별 볼 일 없는 이의 배설물들이 혹여 지인들의 기분을 잡치고, 안구를 피곤하게 하지는 않을까 하는 걱정이 앞서는 것도 기실 피할 수 없는 우려다. 그래도 단 한 사람, 평생의 내 사랑 - 그녀가 행복할 수 있다면 이 책의 존재로 인해 내게 쏟아질지 모르는 무수한 힐난들을 감수할 터이다.

004   지은이의 말_ 존재의 외침

1장 | # 내 안에
속삭이는 달

012   존재의 외침
014   진화하는 상처
016   책장 정리
018   묵은지를 볶으며
019   나의 묘비에는
020   비움의 배반
022   나에게 시는
024   깨어 있는 나날들을 위한 숏컷

2장 그녀의 눈동자에 뜨는 달

028 생일 단상

030 비 오는 어느 봄날

032 비 오는 어느 봄날 2

034 내가 사는 이유

036 집으로 가는 이유

038 양평이 좋은 이유

040 그냥 좋은 이유

042 아침에 눈뜨는 이유

044 늑대 왕 로보처럼

046 산골 중년의 사랑 이야기

048 갱년기 아내

050 형광등을 통째로 가는 아내

052 그대의 채색화

054 월동 준비

056 나 떠난 후에

3장

가족을
품은 달

060　아들의 엄마

062　아버지의 시간

064　찬합 도시락

066　아들의 길

068　그놈의 술 때문에

069　소음

070　엽기 원숭이

072　아들의 시간

074　멧돼지를 쫓는 강아지

076　혼자가 된 강아지

077　운명 같은 내 사랑

080　뿌리 같은 사람_ 먼 길 떠나는 아들에게

4장 | 창가에 깃든 달

084   감을 따다

086   감을 세다

088   감을 세다 2

090   이슬 먹는 시인

092   강릉 가는 길

094   빛의 전쟁

5장 | 세상을
비추는 달

098   컵라면 1

100   컵라면 2

102   조국을 위하여 1

104   조국을 위하여 2

107   분노경보

110   눈꽃

112   법면(法面)

114   진드기

116   달의 침묵

118   잎이 진 자리

120   2024, 스핑크스의 독백

122   발광(發光)

124   추천사 1

125   추천사 2

1장

내 안에
속삭이는 달

존재의 외침

들 괜찮다고 말하지만 세상은 다 괜찮지는 않아

살아있음을 감사하기에는
발 디딘 아래는 뾰족한 돌들뿐
서울역 구원을 파는 예수쟁이 할머니도,
반짝이는 천국을 사려 한 여인을 노래한
전설의 록밴드 날카로운 보컬마저 공허한,

살아있음은
굳이 폐허뿐인 가자 소년의 눈물을,
우크라이나 미망인의 절규를 담지 않아도
바람 찬 골리앗 크레인 위에서도,
거제 갇힌 한 평 쇠창살 격자 안에서도,
살아있음은
쿨럭거리는 오늘을 소리 내고 있음을

알아야 해
네가 숨 쉬고 있듯이
쓸려갈 듯 비바람 불고
눈보라 치는 얼어붙은 궁벽한 돌 틈에서도
생명은 숨 쉬고 있음을

알아야 해
그 궁벽한 돌 틈에서도
꽃은 피어날 것을

진화하는 상처

세상에 견딜 수 없는 시련은 없다 하지만
모르핀 같은 술이 퍼부어져야 잠잠해지는 상처도 때론 있는 법
그 상처는 어느 섬 출신이고,
어느 이계(異系)와 교배하여 우세종이 된 것인지
학계는 아직 답을 내놓지 않았다

짧지 않았던 삶이 가르쳐 준 것은
길가 돌부리에 채인 상처는 곧 아물지만,
길 가다 누군가의 입부리에 채인 상처에는
킹 코모도의 침이 묻어 있다는 사실

어떤 상처는 봄바람만으로도 치유가 되고
어떤 상처는 죽어서야 헤어나올 것 같고
어떤 상처는 죽어서도 헤어나올 수 없을 것 같은
그 지독한 상처를
누군가는 심드렁하게 인생통이라고 부르고
혹자는 이 또한 지나가는 바람이라고 하지

그들은 모른다
겪은 이에게는 결코 세월에 묻어 지나가지 않는
어두컴컴한 밤을 찢는 천둥, 벼락같고
몸의 일부이지만, 도저히 친해지기 어려운
음험하게 암으로의 진화를 도모하는 비대한 용종임을

책장 정리

젊은 날 체제의 과녁에
돌아오지 않을 화살을 날리던 그가,
들병이, 장돌뱅이도 무대 위로 올려
한판 신나는 푸닥거리를 하던 그가,
욕망에 사로잡힌 괴물이 되어 돌아온 날

벽난로 안으로
한때 내 글쓰기의 지침서 같았던 형상과 전형
그리고 누렇게 바랜 창비와
치열했던 내 젊은 날 과거의 기억들을 밀어 넣었다

지난 40년
켜켜이 눌어붙어 또 다른 노폐물이 된
나를 지탱해 오던 두꺼운 기억들도 함께 태웠다

타서 사라지는 데 채 4분이 걸리지 않는
내 40년, 놓지 않았던 기억들
개운함은 불명할 때 잠시뿐
헛헛한 재만 남기고
그렇게 내 책장이 있던
젊은 한때 가슴에 숨었던
과녁 잃은 화살들은 불 속으로 사라져 갔다

묵은지를 볶으며

아내가 교회 간 휴일의 하오
땅기는 매콤함에 끌려 묵은지를 꺼낸다

현미유를 두르고 듬성듬성 썬 김치에
멸치를 넣고, 양파를 넣고
쉰 넘은 나이에 혹여
삼식이 소리 들을까 저어하여
내 먹을 한때 끼니를 정성껏 볶는다

술도, 친구도,
하물며 김치도 묵을수록 깊은 향을 내는데

내 묵은 오십 넘은 세월은
무슨 향으로 익어가는지

나의 묘비에는

되돌아보니 벌써 오십 하고도 중반
무얼 하여 예까지 왔는지
살아온 날들 속 탐하지는 않았으나 붙들고는 싶었는데
근성은 유약하고 나태의 습관은 집요하다

아직 채 놓지 않은 왁자한 갈채에의 미련,
객석이 늘 내 자리인데,
무대 중앙을 꿈꾸다 보낸 시간들,
길바닥에 나뒹구는 열망의 잔해들

자식 잘되는 거 보고 죽고 싶다 하신
노모에게 나는
이룬 것 하나 없는 아픈 손가락이고
삶을 낭비한 시간의 죄인이다

지금 내 죽어
내 묘비에 굳이 적힐 말이 있다면

평생 근처에서 맴돌다 돌아간 자

비움의 배반

무엇인가를 누린다는 것은
무엇인가에 얽매여 있다는 것의 또 다른 이름
진정한 자유는 비움의 크기만큼 커진다는 이치를
머리는 깨닫고 살아감은 다른 목소리를 낸다

내 살아감의 크기는
빼곡하게 용처가 정해진 마주칠 일 없는 은행들과
더더욱 마주칠 일 없는 보험회사와
그다지 베푼 것 없는 것 같은 각종 공과금의 명목들
그리고 되돌아올 것 같지 않은 이런저런 인연의 경조사비들
그 어느 것 하나 에헴~ 하지 않는 것 없는 빡빡한 필수경비들
십수 년째 등골 저격수를 자처하는 우리 둘째 아들 유학비용이 더해져
전혀 자유롭지 않은데
지탱하는 숫자보다 먼저 통장의 숫자가 비워져 자유로워진다

몇 년만 더 모으면 연금 받을 때까지는 그럭저럭 버틸 듯도 했는데
비우면 당장 깨질 것 같은 사기그릇 같아진 내 가계부

줄이고 비우고

더 바랄 것 없이 어쩌다 막걸리 한 사발에 시름 달래면 그뿐인데

지금은 조금 줄여서 해결되지 않는 초고도 비만의 체형처럼

비움을 잊어버린 채워지지 않는 식탐만 재촉한다

나에게 시는

한때는
파시스트를 향한 총구로,
개돼지로 이름 지어진
미친 노동의 사슬을 끊는 칼이기를 기도한 적이 있었다

또 한때는
그녀의 귓가를 간질이는
흰색 오목눈이의 달달한 지저귐이고자 했다

그리고 또 한때는
그녀와 내 아이들,
기쁘고, 슬프고, 즐겁고, 노여운 애환을 어루만지는
가장의 눈길이고 싶었다

지금은, 이 나이 되어서야
빈약한 내 삶의 토대와 절제 없는 분노와
다스리지 않아 잡초 무성한 내 안의 무질서한 텃밭에,

무수한 이야기를 심고, 가꾸고 싶다
땀 배인 언어씨들로 한 칸 한 칸 채워진 그 터에
꽃이 핀다면야 더할 나위 없겠지만
수줍어 보이지 않는 무화과인들 어쩌랴

깨어 있는 나날들을 위한 숏컷

나의 일상은 누군가의 동경이라지

아직도 싱글인 친구는 언젠가 말했었다
내가 가진 모든 것이 부럽다고

내 가진 것이라야
오래된 시골 주택에
낮은 자세로 임할 밖에 없는 이국회사 명함에
아직 짝짓지 못한 직장인 큰 애와
늦은 나이에 유학 가겠다고 내 굽은 새우등 더 휘게 하는 작은 애와
더 늦은 나이에 그 아들 때문에 취업 정보지를 뒤적이는
함께 주름 늘어가는 내 아내
함께 이곳저곳 고장 난 곳 늘어가는 오랜 벗 같은 내 아내

이런 나의 일상이 누군가의 동경이라면

난 그저 버티며 살아온 것 외에 한 일이 없고
가족들 입성이 족하면 그뿐인
길가에 흔한 무던한 아재인데

그래도 누군가 내 가진 것 조금이라도 부럽다 하면

평범이 비범이 되어버린
그 어느 때보다 각진 이 세상에서
내 모질지 않은 일상을 무엇보다 감사하며
투박한 막사발처럼 그렇게 살아갈 일이다

2장 | 그녀의 눈동자에
뜨는 달

생일 단상

나 태어난 것이
세상에 무에 그리 대수로운 일일까마는

나 태어난 것이
세상에 그리 가볍지 않은 것은
그대를 만나고
그대를 통해 내 아이들을 만나고
내 아이들을 통해
살아있음의 의미와
살아감의 재미와
살아야 하는 고뇌들과 얽히고설키어
나만의 우주를 얻었다

나 태어난 것이
세상에 무에 그리 기꺼워할 일일까마는

우리가 만든
살뜰한 우주 안에
단아하되 질박한
이름 모를 빛나는 행성 같은 그대 있음이라

비 오는 어느 봄날

유행가 가사처럼
소중한 것은 옆에 있다고

그대의 부재가
일시적임에 안도하는
비 오는 어느 봄날

기왕 큰맘 먹고 떠난 길
남녘의 흙 한 줌
눈물 같은 빗방울 머금은
꽃망울까지 한가득 가슴에 담고 오시오

고단함을 뿌리치고 떠난 길
사는 동안
삶은 왜 뜻대로 되지 않는 것인지
그래도 왜 살아갈 만한 것인지
길에게 묻고, 스치는 바람으로 느끼고
길가 들꽃의 소곤거림을 오롯이 담아
그대의 소중한 이에게 아낌없이 풀어주구려

그 보따리 풀어지는 날
다시 말하리
소중한 것은 옆에 있다고

비 오는 어느 봄날 2

오래 기다렸던 비는 오는데, 오늘 오마 하던 그대는 오지 않는다
먹구름 손에 잡힐 듯 가깝고, 낮게 나는 직박구리 젖은 몸 쉬어 가는
손 닿을 곳 있을 것 같은 그대는 보이지 않는다

비 오는 날은 막걸리에 부침이 제격이고
비 오는 날은 첫사랑 멜로영화가 제격이다
부침도 있고, 한 잔 술에 눈물비 내리는 영화-클래식도 있는데
그대 없는 술자리는 적막하기 그지없다
그대 닮은 여주인공이 잡힐 듯 떠나는 입영열차를 따라가며 흐느낄 때
그 안에 그댈 두고 떠나는 내가 있었지
떠나는 열차를 뒤로하고 신파같이 흐르던 노래, 그대 떠나고 멀리…

시간은 훌쩍 중년 고개를 넘어
내 영혼을 축내어 별것 아닌 가짐을 좇던
그 허허로운 시간들이 못내 아프고 돌이켜 술잔 속에 든 우울처럼
어질지 않고, 어질하게 살아온 내 중년이 휘청거리는 술방울에 맺힌다

나눔이 비처럼 고루 적시는 세상을 위해

내 영혼이 고개 숙이는 바름을 위해

보잘것없는 내 가진 것 모두 내놓을 수 있지만

굳이 가고자 발버둥 친 적 없는,

그러나 굳이 그곳으로 가야 한다면

내 가진 것 그대가 전부이고 그대가 있는 세상이 천국인데

내 가진 것 모두 내놓아 천국에 간들

그 천국은 정녕 천국인지

내가 사는 이유

그리 생각했다
꽃이 피는 이유가 있고, 꽃이 지는 이유가 있다면
내 안에서 피어나고, 내 안에서 지는 거라고
바람이 부는 이유는
바람을 탐하여 자는 바람을 깨운 거라고

바람은 주인이 없고, 바람은 자유롭다
바람 위의 생이 휘청거릴지라도 아랑곳없이 바람은 지나간다
바람 앞에 구겨져 흔들거리는 뿌리째 흔들린다 해도
그건 바람의 탓이 아니다 차라리 피하지
어리석다 그 나이가,
무엇을 바라 해를 삼키고 바람을 품으려 했던가

오늘도 바람은 날 서 있고
바람을 품으려 한 자의 등은 조로의 문양처럼 할퀴어진다

그러나, 다시 어리석으려 한다
내 바람맞은 시간들이 못내 설워 다시금 해를 품고 바람에 기대려 한다
그래도 그게 살아야 하는 이유라면
그래도 그게 희망의 이름이라면
부서지면서 아파하는 것도 어쩔 수 없는 선택이라면

바람 차고 어두운 그 길을 걸어가면서
내가 사는 이유라 말한다

집으로 가는 이유

집으로 가는 이유는
집이 그 자리에 있기 때문이다

집으로 가는 이유는
살아야 하기에
또 소중한 지킬 것이 있기에
일 같지 않은 일에 부대끼고
호모 잡노무스키들에 치이며
욕조 속에 부유하는 각질처럼
씻어야 할 시간들
버려야 할 관계들이 있기 때문이다

햇빛은 그저 햇빛이고
바람은 그저 바람일 뿐인데
빛과 바람은 채 씻기지 않는 어둠이 되고
잠을 깨우는 돌개바람이 된다

집으로 가는 이유는
그저 햇빛일 뿐이고
햇빛이 물러간 자리에
내 아내같이 편안한 어둠 속
날마다 있고 날마다 기다리는
그 둥지에 깃드는
한 마리 멧새이고 싶기 때문이다

양평이 좋은 이유

그 누구인들
제 사는 곳 애착이 없을까마는,

그곳이 좋다
내가 사는 그곳이 좋다
그녀와 함께 사는 그곳이 좋다

봄볕 가득 텃밭 이랑
골 따라 지천으로 푸른 푸성귀
대롱고추 막걸리 한 사발에 시름 달래는
초록으로 푸진 그곳이 좋다

창문 방문 죄다 열고
데크 위에서 본 고요한 여름밤
총총한 별바라기 하다 솔곤한 잠 청할 수 있고
그 어디에나 몸 뉘어 쉬어 갈 수 있는 그곳이 좋다

가을하늘 높기도 한데
씻은 듯이 푸르러 손 저어 색들이는 옥색 구름 그곳

잿빛 짙은 도시의 하늘도, 살아야 하기에 만나는 우울도
흐르는 구름처럼 남김없이 흘려보낼 수 있는
치유하는 그곳이 좋다

바깥은 하얗고, 눈발은 굵어지는
장작불 타는 이슥한 밤
배곯은 고라니 울음이
바람 소리 따라 두견의 울음보다 구슬퍼
때로는 전설보다 더 오싹하게 하는 그곳이 좋다

내가 살고,
그녀가 살고,
때 되면 철새처럼 찾아오는
새끼들이 자랐던 그곳
따뜻한 기운이 밥 짓는 훈증(燻蒸)처럼
모락모락 피어오르는 그곳
연인 같은 그녀와 칡넝쿨처럼 엉키어 뿌리내리는 그곳

나는 양평이 겁나게 좋다

그냥 좋은 이유

난 아들이 좋다

그 아비보다 훨 영감 같지만
말이 통하는 아들이 좋다
세상 사는 이치를 같이 더듬어 가는
친구 같은 아들이 참 좋다

난 또 아들이 좋다
질풍 같고 노도 같던 철없던 막둥이가
이제는 30년 전 부모님 속 알뜰하게 썩이던 아비의 모습으로
1%도 주워 온 자식이라 의심할 이유 없는
확신을 주는 골칫덩어리 그 아들이 좋다

난 그리고 그대가 좋다
수백 가지 좋은 이유가 있지만
그냥 좋다
봐도 좋고
안 뵈면 더욱 그리운
그대가 참말 좋다

아들이 말한다
저도 아빠가 그냥 좋아요

아침에 눈뜨는 이유

내 옆에 있는 이는
상냥한 얼굴로 밥을 짓고, 빨래를 널며
하루해 동안 있었던 일을
하루해가 모자라게 종달새처럼 노래합니다

배고픈 길고양이도
주인 잃은 강아지도
하물며 스치는 찬바람에
고개 숙인 풀 한 포기마저 측은해하는
그런 그녀를 미워하는 것은
달걀을 세로로 세우는 일보다 더 어려운 일입니다

매일 술 마시고
마신 술만큼 드르렁 코 고는 소리 우렁차 설친 잠
부스스한 얼굴로 몽롱하게 맞이하는 그녀의 아침
푸석하게 웃는 그녀의 아침

그런 그녀를 보는 게
제가
아침에 눈뜨는 이유입니다

늑대 왕 로보처럼

내 옆에 있어 줘서 늘 감사합니다

살아간다는 것은 늑대 왕 로보처럼
사방에 처진 덫을 피하는 일
삶도 그와 같아서 사내로, 가장으로
살아간다는 것은 생사를 넘나드는 전쟁 같은 들판
그래도 살아가는 것은
같이 걷고, 함께 부대끼며,
때로는 위험이 도사린 풀숲을 블랑카처럼 앞서 나가도
그 모든 것이 이해되는 그대가 늘 옆에 있음입니다

한 마리 늑대보다 나을 것 없고
늑대 왕 로보보다 가진 것 없는
남루한 사내에게 둥지도 주고, 새끼도 주고,
그보다 더 큰 우주를 주면서
그 어여뻤던 청춘을 아쉬워하지 않는 그대가 참말로 고맙습니다

그대와 함께한 이 소중한 시간이
두레박 선녀의 날개옷 훔친 나무꾼 향한
연민이 아니어서 가슴을 쓸어내며 웃습니다

산골 중년의 사랑 이야기

아침에 눈뜨면 부시시 보고
집에 돌아와 초롱초롱 보고
밥 먹고 보고, 물 마시고 보고
시린 겨울 하늘 두둥실 구름 모아 아내 얼굴 그리며
배시시 웃는,

난 미쳤나 보다

때로는 찰랑이는 은빛 갈잎 같고
때로는 노란 국화 같은
모이면 탐스럽지만 홀로 있어도 꽃보다 더 꽃 같은
그녀만 바라보는,

난 진짜 미쳤나 보다

수술한 지 몇 날 지났다고
김장한다 새벽 별 보고, 바래다주고 맞이하고,
땡땡 언 추운 날

제 몸보다 송죽원 아이들 걱정에,
엄동 군대 간 아들 걱정에,
허리 션찮은 서방 걱정에
호호 손을 비비는 그녀

이런 그녀를 강아지처럼 졸졸 따라다니고
이런 그녀를 스토커처럼 졸졸 따라다니는,

확실히 미친 나는
이런 그녀와 더 미치도록 불륜하듯 살아가고 싶다

갱년기 아내

청사초롱 새색시도 아닌데
늘 홍조 띤 아내의 얼굴
외출 한 번 할라치면
홍반을 감추느라 얼굴에 회칠을 한다

석류가 좋다더라
칡이 좋다더라
호르몬제를 먹어야 한다더라
이것저것 먹어봐도 여전히 새색시
한방으로 안 되고
소문난 피부과도 안 되고
좋다는 닥터 쇼핑 다니며
해볼 건 다 해봐도
해본 거 하나 없는 별 효과 없는 아토피 아내

여자는 젊으나 늙으나
얼굴이 전부라며 포기하지 않는 아내

그래도 새색시같이 이~~ 뽀!

그 한마디에 배시시 웃는 아내의 얼굴

형광등을 통째로 가는 아내

부엌 등이 휴식 없이 깜박깜박
갈아 끼운 지 보름도 안 된 등이
눈꼬리 다크서클을 띤 채 끄덕끄덕 졸고 있다

등 갈고 나면 그때뿐
벌써 55W 번개표 등만 20개 이상 삼켰다
아무래도 등보다 다른 곳 문제 같은데
이놈의 전기는 알 수가 없고 전선만 보면 머리가 꼬인다

부엌 등이 돌아올 기미 없는 사경을 헤매고
더 이상 참지 못한 아내는
전등 일체를 떼어내는 수술칼을 집어 들었다

나사를 떼고 프레임을 벗기고 전선만 두 가닥 남은 등의 실체
이놈 별거 없네!
다시 역순으로 틀 짜고 새 등을 결합해 스위치 On

심 봉사 눈 뜨듯 밝은 불이 들어왔다
마치 인류에게 선물한 프로메테우스의 불을 보고
암흑에서 살아온 미개인처럼 격하게 환호하는 나

수술을 마친 후 비지땀을 훔치는 아내 옆에서
간호사 같은 나는 집도의 같은 아내에게 엄지 척!

그대의 채색화

아내가 그린 붉은 꽃송이 활짝 피었다

뿌리도 없이 이파리만 연녹으로
꽃잎 하나 함초롬히 꽃을 피웠다
꽃술을 머금은 붉은 잎은
진한 색조 화장을 한 어린 신부처럼
수줍은 듯 부끄럽다

칠은 번지고
칠은 넘치듯 모자라
더하여 칠하고 감하여 바르는 색의 더께
색은 보이고 싶은 것을 위해
감추고 싶은 것을 칠하고
바탕색 우울이 진할수록
꽃잎의 도드라짐은 더욱 선연하다

색의 빈틈에 색을 주입하고

비틀거리는 색을 덧칠하여

색의 방황을 끝마칠 무렵

삼시 세끼에 하등 도움이 되지 않는

꽃은 화사하게 피어나고

아내의 미소는 높은 벽에 걸린다

월동 준비

산바람 매운 양평의 겨울 준비는
백골부대 동계훈련만큼 부산하다

창고에 쌀 재이고
창문마다 단열필름 붙이고
창문마다 뽁뽁이도 붙이고
여름내 더위 식혀주던
대돗자리 둘둘 말아 창고에 집어넣는다

예의 대대장 따님답게
일사불란 작전명령 내려
군기 잡혀 정렬한 각 잡힌 쌀 포대들
붙여진 방풍지는 화생방 방독면처럼 빈틈이 없고
돌돌 말린 돗자리는 엎드려 포복을 한다

겨울 준비하는 우리 집에는
절도 있게 지시하는 견장 찬 마나님과
삽질 자세 영 나오지 않는 신병 같은 내가 산다

대장님!
각 잡는 것도 좋지만
대충 삽시다!

나 떠난 후에

나 언젠간 돌아갈 터이고
나 없는 세상을 살아갈 그대에게
내 수수밥 같은 노래가
그대를 미소 짓게 하고
하루를 지탱할 양식이 되기를

둘에서 하나가 되는 건
그 하나가 누굴지라도
하늘이 쪼개지고
땅이 뒤집히는 흔들림의 공백
정신 줄 놓은 남겨진 시간들이 어찌 온전할 수 있을까
남은 하나를 두고 가는 또 하나는 발걸음이 떨어지려나

내 가거든 꼭 간직해 보시게
햇살 따스한 데크에서
읽고 또 읽은 성경책처럼
듣고 또 들은 애창곡 CD처럼
보고 또 봐도 늘 질리지 않거든
내 그대 옆에 있음이니 항상 곁에 두시게

비 오는 봄날에,

낙엽 떨어지는 스산한 바람 불 때,

떠나간 이 그리울 때면

색 바랜 사진첩 낯익은 얼굴 보듯 곁에 두고

책장을 넘기며 잠시나마

파르르 떨리던 그 시간으로 되돌아가 보시게

먼 훗날

그대가 내 옆으로 올 때

기차표 대신 이 노래책을

처음 만날 적

수줍은 소녀처럼 들고 오시게

그때가 되면

그대의 주름진 눈가에 맺히는

한 방울 이슬 속에 비친 내 모습 담아

하얀 돗자리 정히 깔고 환한 미소로 그댈 맞으리

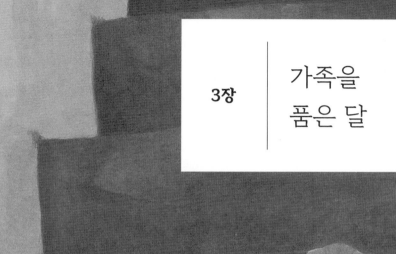

3장 가족을
품은 달

아들의 엄마

내 아내는
보약 같은 아들의 엄마입니다

내 아들은
빛이 고루 비추길 바라지만
굴절되어 비틀린 채 어둠에 싸인
골리앗이 서 있는 거제 야드에서
층계를 나누어 놓은 비탈면에 기대어 삽니다

내 아내의 아들은
이마를 장식하는 하늘관도 있어야 하고
눈매가 선한 여자친구도 있어야 하고
여름이면 시원한 에어컨에
겨울이면 따뜻한 스팀 난방에
와이셔츠 입은 서울 빌딩 사무실에 있어야 하고
그들 안에서 또한 별같이 반짝여야 합니다

아내는 아들의 탈거제에 더하여
달 없는 하늘에 어둠을 밝히는
뭇별 중에서도 왕별같이 반짝이기를 기도합니다

이런 아내의 소망은
나를 바라보는 늙은 어머니의 눈빛이기도 합니다

아버지의 시간

자식들이 만들고
자식들 모습에 기꺼워하는 아버지의 시간

그래도 팔순 잔치인데 굳이 집에서 하자 하심은
몸 편치 않은 자식 걱정에,
번듯한 식당 가면 내 자식 주머니 가벼워질 것 염려되어 헤아린
아버지의 시간

다 퍼주고도 더 못 줘서 아쉬운
그래도 조금이라도 생기면 이도 주고 저도 주고
자식들 입에 들어가는 게 세상에서 젤 기분 좋은
그래서 지금도 일하는 아버지의 시간

새끼라면 그 무엇도 아깝지 않은
가시고기같이 아낌없이 주는 나무
죽어서도 자식의 본향이 되는
이 세상 어디에나 있지만
이 세상 모두가 그리하지는 않는
큰 나무의 이름으로 서 있는 아버지의 시간

한 세상 살다 보면 그 자식이 아비가 되고
그 아비의 자식이 또 아비가 되어
자식 자랄 토양을 비옥하게 하는 거름 같고,
한여름 기댈 백양나무 그늘 같은,
나이랑은 상관없이 늘 한결같은 묵묵한 아버지의 시간

찬합 도시락

아주 오래전 추운 겨울날

살얼음 설피 언 빙판길 위
사나운 사냥개들에 쫓기는 정처 잃은 한 마리 길짐승

날은 춥고, 갈 곳 없는 길 위의 청춘에게
백 마디 이념보다 당장 절박한 것은 견딜 수 없는 허기
때 되면 어김없이 찾아오는 주림에 힘겨울 때
찰진 밥, 맛깔스러운 찬으로
꾹꾹 눌러 싼 꽃무늬 보자기 찬합 도시락

누가 볼세라
가슴 졸여 담으셨을 그 찬합 도시락
세상 그 어디에도 없을 쫓기는 자를 위한 성찬
떨리는 손으로 삼등분으로 나누어
매 하루를 견디고
추운 세월을 견디게 해준 따스한 찬합 도시락

그리 바람 시리던 시절

그리 배고파 주리던 시절

오직 밥이 하늘이던 시절

도시락을 보면 어김없이 생각나는 정성 가득 찬합 도시락

내게는 호젠펠트 같고, 쉰들러 같던 그분은

그렇게 나의 하늘 같은 장모님이 되셨다

아들의 길

큰아들은 철들어 철밥 먹으며 거제에 산다
어릴 적 파파보이라 불리던 앳된 소년은
바닷바람 거센
골리앗 크레인이 거인처럼 서 있는 옥포 조선소에서 산다

열아홉 솜털 나이에 돈벌이가 얼마나 힘든지
남의 돈 갖기가 얼마나 치사한지 일찌감치 세상을 알아버린
반듯한 아들, 어른 같은 아들

한때 미지의 북극해 쇄빙의 노다지를 꿈꾸던 그곳
지나가던 개도 배춧잎 지폐를 물고 다닌다던 그곳
흥청거렸던 시절은 추억 저 뒤편으로 사라지고
일터 잃은 가장이 대낮 술추렴 하는 그곳
여전히 일터는 돌아가고 쌍팔년 거친 뱃놈 같은
드센 노동을 팔다가 생을 달리한 자
그 뒤처리에 애면글면하는 나는 파독 광부인가
마시지도 못하는 술에 취해 비수같이 박히는 독백을 하던 어린 아들
해풍에 시들어 가는 아들

그 아들은 땀 배인 작업화 닳도록

정붙일 데 없는 쇳덩어리 건조물 따라

끝이 보이지 않는 조선소를 아들을 태운 자전거가 달린다

시린 서리 같은 새벽 별 헤어가며 가는 길

거친 바다 저 너머 나고 자란 깍쟁이 같은 서울 그리워

조금만 다가가면 손에 닿을 것 같아

절은 작업복 깃 세우고 옥포의 야드를 달린다

그놈의 술 때문에

어떤 이 아이의 별칭은
찢어진 콘돔

또 어떤 이 아이의 별칭은
토끼의 저주

저마다 가족을 이루는 방법은
별처럼 많은데
정화수 떠 놓고
칠성님 정기 받아 옥구슬 같은
아이를 받은 이 얼마나 될지
사연 많은 탄생설화 중에
새벽 별처럼 빛나는 우리 아들

사차원계에서
일당백을 능가하는 우리 둘째 별호는

"그놈의 술 때문에"

소음

집 짓는다고 옆집에서
땅 파는 포클레인 소리

머리 말리는 아내의
헤어드라이기 소리

시도 때도 없이 울려대는
지인의 '까똑' 소리

돈 나올 데 없는
내 계좌에서 빠져나가는
출금 알림 소리

다른 소리는 귀가 아픈데
이 소리는 가슴이 아프다

소음은 때로
심장을 철렁하게도 한다

엽기 원숭이

우리 집에는 원숭이가 산다
시도 때도 없이 깩깩거리고 식탁 위에 올라 밥상을 뒤엎는다

어릴 때 원숭이로 사는 법
채 가르쳐지지 않은 천둥벌거숭이로 키워져
그래도 가족이라 여기는 이들의 얼굴을 할퀸다

재주는 아니고, 애교도 아니고
인연으로 끈적한 그 무엇도 아닌
질서에의 순종도, 인간으로의 진화도 거부한 채
퇴화해 가는 원숭이

난 왜 이 원숭이를 키우지?

참고 또 참고
아미타불을 수십 번 되뇌어 사리가 나올 지경인데
쨍그랑!

깨진 거울을 수습하며
언뜻 비친 얼굴에
소스라치는,
빗금 간 거울에는
나이 든 원숭이가 화들짝 놀라고 있다

아들의 시간

우리 집은 나만 없었으면 명품가족이라고 막내는 말했었다

천형처럼 안고 산 아토피로 인해
학교도, 공부도, 가족도 종래는 스스로도 놓아버린
내 몸은 너희와는 다른데,
내 몸은 작고 여린데,
건들면 아프고, 때리고 뺏으면 엄마가 더 아파지는데
집 없는 민달팽이 노리는
갈고리 같은 앞발을 건들거리는 사마귀처럼
내 영혼의 살점을 뜯어먹는 너희들 입은 너무 거칠고 사나와

고독수가 둘에 방황수가 또 둘
사방이 막힌 고시원에서, 도통 정붙이기 어려운 기숙학원에서,
유폐된 팔방색(八方塞) 나 홀로 원룸에서, 나 홀로 밥 먹은 지 근 4년
소통하지 않은 말은 날 서 있고
차폐된 공간은 창살 없는 또 하나의 감옥
붓질은 잠시 시간을 덧칠할 뿐 붓칠로 감춰지지 않는 너의 환부

등에 붙은 아픈 혹 같던 아들아,

잠들면 깨어나기를 잊어버렸던 네가,

한여름에도 긴 소매로 상처를 감추던 네가,

먼 길 돌아와 너를 다잡고,

아무 일 없었다는 듯 애써 웃는 너를 보고 찔끔 눈물이 난다

지금껏 살아있어 고맙고, 있음으로 더 바라지 않으려 한다

부모 마음이다

멧돼지를 쫓는 강아지

저녁 무렵 해그림자를 밟으며
멧돼지 가족 동네 순찰을 한다

어미 돼지 대장 삼아
훈련소 신병들처럼 일렬로 줄 맞추어 행군하는 새끼 돼지들

우리 집 근처를 지날 때면
짖어대는 강아지
혹여 멧돼지 쫓아올까 봐
저만치 거리 두고 짖어대는 겁 많은 강아지

강아지 짖는 소리에
혹시나 누가 왔나 현관문 열고 나가면
갑자기 힘 솟아 멧돼지 떼 쫓아가는
철갑 수트 입은 강아지

무서워서 대문 밖으로는 나가보지도 못하는
그런 나만 옆에 있으면 세상 무서울 것 없는
겁 없는 우리 집 강아지
철없는 우리 집 강아지

혼자가 된 강아지

갓난이 때부터 수고양이랑 같은 밥 먹고,
한집에서 살던 우리 집 강아지

두 돌 지나 석류 빛 오줌을 싸고 난 후
윗집 수컷 진돗개와 친구가 되었다

변심한 강아지
고양이 향해 으르렁거리고
수고양이 머리 긁적거리며 함께 살던 집에서 쫓겨났다

고양이 집 떠난 후
어릴 적 친구 잃고 심심한 강아지
밖에 나와 같이 놀자고
애꿎은 내 신발, 아내 신발 물고
저만치 던져 심술을 부린다

운명 같은 내 사랑

참으로 먼 길을 돌아와
이 자리에 섰습니다

이 자리에 서기까지
이국땅 기댈 곳 없는 낯설음에
주저앉고 싶을 때
세느 강가 어느 무명 화가처럼
정처 없이 배회하고 싶을 때
일으켜 주고
붙잡아 준 고마운 이 사람
불러도 늘 그리운 이 여인을
청년은 목메이어 말합니다
"어여쁜 내 사람입니다."

이 자리에 서기까지
별 보며 구름처럼
또 그렇게 영화처럼 살고프다 한
차는 열정에,

더욱 넘치는 고독에 힘겨워할 때
너른 강선 반짝이는 물빛으로,
어머니 같은 기름진 땅 가슴으로 보듬어
내 안에 꿈꾸며
현실의 박토(薄土) 위에 뿌리내릴 이 사람
여인은 수줍은 듯 말합니다
"운명 같은 내 사람입니다."

이 자리에 서기까지
그대들 걱정으로 지새운
이 세상사는 부모 모두가 그러하듯
어미의 마음으로
아비의 말 없는 시간들이 모두어져
오늘 이 자리가 있었음을
먼 훗날 알리라
나 역시 부모라는 이름의
큰 강을 따라가는 강줄기였음을

오늘 이 자리

이제는 탑 그림자 휘영청 밝은

무영탑(無影塔) 앞에 선 아사달, 아사녀 같은 그대들

달빛 잠든 내 사람

보는 것만으로도 아깝고

보면서도 서로를 그리워하는

더없이 화~안하고, 한없이 대견한

그대들, 어여쁜 삶을 아낌없이 축복합니다

2017년 11월 11일
절친의 아들 주례사에 곁들인 축시

뿌리 같은 사람_ 먼 길 떠나는 아들에게

먼 길 가는 아들아,
누군가 너의 이국땅 세월을 묻거든
심호흡 한번 없이 네가 주인이었다고 눈빛이 먼저 말할 수 있게 하라
호시탐탐 너를 노리는 네 안의 집요한 유약과 싸우고
스스로를 옭아매는 네 안의 한계와 싸우고
갑과 을의 사회에서도 존재하지 않던 無의 너는 잊어버리고,
마침내 기여하기 위해 거듭날 너를 위한 풀무질의 시간
그렇게 벼리어지고, 단단해져라, 아비 마음이다

정든 곳 두고 먼 길 가는 아들아,
남편을 군에 보내고 눈물 훔치던 네 어미가,
아들을 거제에 보내고 눈물 훔치던 그 어미가,
이제는 머나먼 이국땅으로 너를 보내며 눈물 흘린다
혹여 부딪힐 비바람에도 터럭 끝 하나 다치지 말고
가던 모습 그대로 무사히 돌아오거라, 어미 마음이다

정든 이 두고 먼 길 가는 아들아,

떠나는 네 마음이 웃으며 눈물짓는 그녀와 다를 리 있겠느냐

보내는 그녀 마음이 네 어미와 다를 리 있겠느냐

언젠가 너의 그녀 손 잡고 화사하게 피울 꽃망울을 위해

언젠가 너의 그녀 손 잡고 단단하게 뿌리내릴 그날을 위해

너의 오늘이 지워지지 않을 이정표로 기록되게 하라

2024년 9월 9일
호주로 유학길을 떠난 작은아들에게

4장

창가에
깃든 달

감을 따다

칠삭둥이 해산 달 같던 올가을
무심한 감나무에 감이 수북 열렸다

감나무 뒤 열린 하늘 닿을 듯 가깝고
시리게 탐스런 꼭대기 감들
감보다 빙글 하늘보다 뱅글
우리 집 하늘이 저리 파랬나

첫서리 때 따라 했는데
늦잠 통 서리는 모르겠고
쪼아 먹은 흔적 있으니
하늘 가까운 떫은 감들은 까치밥 고이 두고
까치발 여남은 소반 한가득

몇 밤 지나면 붉을 홍시들
아내와 먹고
친지들과 나누고
그래도 남으면

주일 식구들과 후식으로 먹고
그래도 또 남으면
혹 상심에 찬 그가 오면 줄까나

올가을이 가기 전
까치밥 말고 달리
우리 집 까치가 울까나

감을 세다

두 달 내리 비 구경 뒤
어느새 가을

아침은 이슬처럼 차갑고
감나무 아래
강아지의 한낮은 게으르다

기나긴 장마 끝
감이 예닐곱 매달렸다

오늘 툭 떨어진 반쯤 노란 감 하나
이제 남은 감은
손가락셈으로도 너끈
한 번 더 센다
혹시 놓친 감이 있을까
그래도 세고 또 센다
혹시 꼭대기 어드매 숨은 그 무엇이 있을까

시리게 텅 빈 하늘

올겨울 까치는
배고파서 어쩌나

감을 세다 2

올가을에는
반가운 이들이 함박 오시려나

지난여름
그리 독하게 퍼붓던 폭우에도 아랑곳 않고
감이 두둑 달렸다

꼭대기 감들은 까치 몫
손 가까운 아랫단 감들은
방래(方來)한 벗들 몫
남은 감들은 눈 오는 겨울밤
군고구마 곁들여 내 그녀하고 먹어야지
콧등 찡한 영화 보면서 내 그대하고 먹어야지

감 세며 절로 흐뭇한
내 뺨을 훑는 정체 모를 바람이 분다

어쩌나 낼모레면
사라 같은 태풍 오고
매미 같은 태풍 온다는데

채 설익은 저 감들은
어찌 이 바람을 견디려나

이슬 먹는 시인

시인도
때 되면 밥을 먹고, 때 되면 똥을 싼다

시인은
아침 햇살 수줍게 맺힌 이파리 끝
체하지 않도록 음미하듯 이슬을 마신다

소주잔 분량의 이슬에 솔잎 한 움큼 먹었으니
이제 구름을 가르고 하늘을 나는 일만 남았다

한 그릇의 밥과 한 그릇의 찬이 고픈데
이따위 견딜 수 없는 허기가 부끄럽다
창의는 풍성한데 곳간은 비어 있고,
성찰은 예리한데 도리는 무뎌 있다

이슬은 물리도록 먹었고
솔잎도 깨달을 만큼 먹었으니
이제는 따뜻한 밥 한 공기에

김치 한 조각 쭈욱 찢어 우적우적 먹었으면 좋으련만
옆집 할매가 못 먹어 버린 신김치라도 주었으면 좋으련만

오늘도 시인은
배고프다 짖어대지 않는 한
빌어먹을 솔잎 밥을 먹고, 이슬 똥을 싼다

2018. 1. 14
가난한 창작자 최고은의 안타까운 죽음을 애도하며

강릉 가는 길

강릉행 고속열차에 몸을 싣는다

매끈한 타이츠 매무새로
어눌한 사내를 보듬은
날씬한 젊은 여인 같은 열차는
대낮에도 여봐란듯이
절정으로 치닫는 교성을 뿜는다
그 옛날 달뜬 숨을 참으며
달빛 아래 뒷물하던 조강(糟糠) 아낙 같은 완행열차
봇짐 하나 달랑 보듬은 채 성황당 언덕 위로 사라졌다

강릉은 먼 듯 가깝고
노년의 동무들과 삶은 달걀 오가는 술잔으로
취기 어린 열차가 달린다
평일도 주말 같은 노년의 무치(無恥)한 흥이
철길 교차음에 묻히는 수다스러운 강릉행 열차

나이 든 원숙함은 흔적 없이 염치를 감추고
배설로 덧칠된 후안(厚顔)의 더께 얼굴 불콰한 홍안의 노년들이
왁자지껄 둔내 오일장을 거쳐 가파른 진부 고개 지날 무렵
걸쭉한 오입담을 떠벌이며 추억의 강 모래톱에서
돌아올 수 없는 회한에 찬 술을 친다

열차는 봇짐 하나 덩그러니 놓인 성황당 고개를 힐끗 곁눈질하며
쏜살같이 대관령 고개를 넘는다

빛의 전쟁

헬리오스의 수레에서 추락하여 인간의 대지에 불시착한 태양은
함거에 갇힌 포로처럼 빛을 잃고, 비 내리는 들판 위에 위리안치되었다

어둠에 사위어 가는 빛의 소멸
태양은 귀화한 난민처럼 인간의 마을에 정착해
황금알을 낳는 거위처럼 내놓으라 닦달당하며
빛을 생산하는 농원의 쟁기 소가 되었다

애초에 푸른 들판을 살찌우고
길 잃은 목자의 어둠을 밝히던 도도한 하늘의 향도
인간의 대지에 내려온 태양은
울창했던 나무들을 벤 자리에 서식하는
반딧불이의 집단농장처럼 빛을 생산하는 노동을 한다

초록을 염려하는 빛의 노동과
어둠을 염려하는 빛의 노동은
이란성 쌍둥이처럼 닮은 듯 다르고,
초록과 어둠은 빛의 양팔을 붙들고 물러설 수 없는 싸움을 벌인다

빛이 어두운 욕망에 포획될 때
빛은 그 빛을 잃어가고 빛이 그 누구의 빛도 아닌
가진 자와 빈자의 그늘을 모두 비출 때 빛은 빛으로 되살아난다
빛이여, 비추어 다오
어둠이 독점을 꿈꾸는 음모의 땅을

5장 | 세상을
비추는 달

컵라면 1

누군가에게는
늦은 밤 시장기를 달래는 밤참이 되고
누군가에게는
거를 수 없는 한 끼 식사가 되는 컵라면

네가 걷는 지하철 선로는 오름이 차단된
평행으로 끝없이 이어지고,
무심히 달려오는 지하철 열차는
독을 품은 뱀처럼 혀를 널름대며 여물지 않은 너를 넘보았다
네가 만져야 할 센서는 차단된 벽 안에 있고
죽음이 면허처럼 허락된 벽 안에서 너는 삼켜졌다
채 보송한 솜털 같은 네가 남기고 간 것은
주인 잃은 배낭 속 끼니 거른 청년의 일용할 양식

가진 것 없는 너는 살기 위해 일하고
베푼 것 없는 세상은 지킬 것 없는 너를
돌아올 길 없는 벽 안으로 홀로 밀어 넣었다
너의 시선은 스크린 밖 퇴근길 인파를 볼 사이 없이

언젠가는 다가올 사다리를 타기 위해 사선을 넘나들었다
그 사선은 오로지 수드라의 무대

네가 돌아올 수 없는 선로에서 무너질 때
컵라면은 흐릿한 스크린도어
그 너머에 화인처럼 찍혀버린 카스트 시대
살아 꿈틀거리는 암모나이트 화석이 되었다

구의역 사고 청년의 죽음을 애도하며

컵라면 2

휴식을 잊은 어둠은
석관 속에 똬리를 틀고
주인 없는 삼 분짜리 끼니는
죽은 자의 부장물이 되어 덩그러니 놓여 있다

탄은 어둠이 낳은
양계장 알같이 쉬임 없이 구르고
탄 빛 얼굴 너 홀로
휘청거리며 개미지옥 속으로 들어갔구나
들어가 끝내 나오지 않았구나

늪같이 빨아 당기는 검은 굴레 속에서
정지 레버를 향해 허우적거리던 마지막 몸부림,
짧은 너의 삶 같은 외마디 비명 소리
그리고 침묵으로 말하려 남긴 너의 손 편지

네가 나르는 빛은
헐값으로 어둠을 뱉어 내고
네 몸이 익히려 한 살아감의 법칙은

거꾸로 선 피라미드같이
쓰러지기 위해서 서 있었구나

아들 같아 더 미안한 아이야,
허기를 면하려 구르던 탄 가루 묻은 너의 끼니와
하루 반 긴 굴속에 던지어져
피지도 않고 진 네 검게 시든 꽃잎을 감추지 말아라
차마 고개 들 수 없는 젖은 눈시울들과
더는 고개 숙일 수 없는 어미의 눈길이
너의 불편한 잠을 지킬 것이다

편히 누울 수 없는 너의 머리맡에서
구멍 뚫린 어미의 가슴처럼
너를 닮은 새끼를 품어
남 일 같지 않아 하는 이들의 눈가에 맺힌
물기 어린 꽃송이로 너를 머금을 것이다

서부발전 화력발전소 사고 김용균 군을 애도하며

조국을 위하여 1

사방은 칠흑같이 어둡고
꽉 막힌 굴속에 우두망찰 서 있는 이여,
만신창이로 물 위를 걷는 이여,
지켜만 보아온 오늘이 부끄럽습니다

물개박수면 다인 줄, 좋아요 누르면 족한 줄 알았습니다
장삼은 위대하나 때로는 속임에 어리석고
이사는 큰길에 서서 때로는 이 길인가 주저합니다

그동안 흐르던 강물이 어디 물길 따라 흐르기만 하던가요
꺾이고 패이고 흐르다 막히고,
고이고 고여 썩어가는 그 물에,
깔따구가 창궐하는 그 물에 몸을 던진 이여,
물어뜯길 줄 알면서 고인 물에 몸을 던진 이여,
백 년 동안 쌓인 강바닥 부토의 무게를 온몸에 이고 진 이여,

그대의 가짐이, 그대의 누림이,
그름에 기대어 얻어진 게 아닌 터에

더 이상 거짓으로 일그러진 아니면 마는 지저귐일랑 듣지 마시고
들판에 불어오는 풀들의 소리에 귀 기울이세요
이슬처럼 살라 한들 비틀려 흙바람 부는 세상에
이슬이 영롱하게 맺히던가요

조국의 독립에 몸 바친 이들 잡으려
벼린 제국의 칼날이 된 자들
그리고 그 후예들
다시 군림하는 자의 음습한 칼날이 되어 누린 완강한 시간의 두께들
그 철옹성 같은 벽을 깨려는 이여

무섭게 외로운 그 시간이 혼자가 아니며
무겁게 짓눌러 오는 적층의 무게가 버거울 때
큰 하늘 한번 우러러 심호흡하고
큰 강 큰 물길이 만나는 그곳으로 뚜벅뚜벅 가세요

조국을 위하여 2

혀를 깨물고 입술을 씹는다
더 씹을 곳이 없어도 또 터진 입술을 악문다
죽음의 강가에 선 이는 바람처럼 비틀거리고
홀로 전쟁을 치르던 그는
말 없는 강가 상처투성이 집으로 돌아간다

백 년의 시간이 거꾸로 흐른다

그 시절
제국의 칼은 든 너희는
거친 광야를 떠돌던 총을 든 아비의 행방을 다그쳤다
새끼들을 품은 앙가슴 너덜대는 살점을 부여잡은 어미를 향해
사나운 매질을 멈추지 않았다
검을 쥔 너희들은 그들을 모질게 닮았다
백 년의 시간이 휘돌아 흐른다

그 시절
제국의 펜을 든 너희는
꽃다운 누이들을,

정겨운 형제들을,

소 떼를 몰 듯 돌아올 수 없는 곳으로 떠미는 충성의 나팔을 불었다

참을 가장한 거짓을 퍼 나르던 너희는 황국의 신민을 자처하던

양의 얼굴을 한 개떼들을 모질게도 닮았다

들불 이는 바람 앞에 백 년의 시간이 멈추어 섰다

너희들을 본다

자신을 쏘시개 삼아 밑불로 던진 이

그 일가족의 무너짐 위로

너희들 비릿한 웃음이 이지러진 달처럼 뜬다

묻는다

너희는 주인이냐?

아니, 다시 묻는다

너희는 사람이냐?

지금은

주인의 살점을 탐하던

인육에 맛 들인 들개들을 태울 시간

섶을 지고 처녀 불을 지피며 제 몸을 태운

그의 불씨를 품는다

물기 어린 그의 불씨를 품는다

마침내 그를 고스란히 품는다

이제 백 년의 시간이 타오른다

불이 타오른다

분노경보

WMHO[2]는 대한민국이 하이퍼 분노사회에 진입했다고 진단했다

폭력은 이유 없고
애 낳을 이유는 더더욱 없는 젊은이의 좌절
늙은이의 디스토피아
한때 기적을 만든 이 나라가
향후 인류의 미래일 리 없다고 그들은 침을 튀겼다

선을 넘은 오지랖에도
당국은 분노지수 90을 넘으면
주위를 경계하라는 분노 재난 문자를 보내겠다고 했다

습도발 불쾌지수에,
물가상승률 곱하고,
이자상승률 곱하고,

_____

2) 세계보건기구(WHO)에 빗대어, 현실에는 없지만 가상의 보건기구로 설정한 World Mental Health Organization

실직률로 나누고,

연간 자살률로 다시 나누고,

다시 엥겔계수를 곱하면 나온다는 분노지수

이 중에서도 분노지수를 실시간으로 좌우한다는 법정 분노지수

피해자가 뒤바뀌고

흉악범이 솜사탕 처벌받을 때면

격하게 치솟는다는 법정 분노지수

거기에 위선 한 스푼 섞으면 폭발하고

갑질 터럭 한 올 얹으면 휘발성이 더해지는 재난계의 블랙홀

분노는 바이러스처럼 통제 없는 전파력을 띠고

그 누구도 믿을 수 없고,

그 누구도 안심할 수 없는,

욕설과 고함의 높은음자리로 빼곡한 화난 사회

세상 사는 이치는 길을 잃고

귀 기울일 때 약해지고

보듬어야 차분해지고
나누고 배려할 때
새색시처럼 얌전해지는 분노의 역설

어느 날
삼식이 밥 먹듯 격노하던 이가
분노를 개 엄하게 관리할
분노 관리 포고령을 느닷없이 발표했다

그 말에
억눌려 갈 곳 잃어 헤매이던 이들의 분노는
그만 자기통제의 용융점을 잃어버리고
거대한 활화산이 되었다

눈꽃

함께 스러지는 것들은
늘 가엽다

햇살 한 모금으로 피는 꽃
날 선 바람에 더 빛나는 꽃

햇살이 비추어도
빛나는 순간은 찰나
바람 한 줌에 스러지고 잊혀질 빛남이
더 가엽다

너의 꽃들은 춤추고 있느냐
너의 꽃들은 춤추며 웃고 있느냐
너의 꽃들은 웃으며 스러지고 있느냐

가벼운 스러짐이 어디 있을까
쉬이 잊혀질 스러짐이 어디 있을까
차가워 가까이 손댈 수 없는
차마 차가워도 손뗄 수 없는

빛나도 눈물 나게 가여운
해맑게 스러지는 눈꽃들

이태원에서 꽃피우지 못하고
스러져 간 눈꽃 같은 젊은이들을 기리며

법면(法面)

물은 아래로 흐른다

막혀 흐르지 않는 물은 지하에서 암약하는 게릴라같이
물 틈 사이를 돌다가 큰물 지는 날, 때를 같이하여
기세등등한 반역의 깃발을 흔든다

돌을 쌓는 자여,
바닥에 단단히 돌을 메우고, 돌 틈 사이로 또 작은 돌을 채우라
빗물을 머금은 돌들이 쓸리는 날 물은 禁域의 땅을 넘어
그대 여린 벼 이삭을 덮칠 것이다

물을 막은 자여,
그대의 수문은 타르 같은 녹조를 위함이 아니다
문을 열어라
물줄기 타고 튀어 오르는 은어의 반짝이는 비늘을 보고 싶다

칼을 쥔 자여,
너의 칼은 무엇을 겨누었고
너의 칼은 누구를 베었더냐
눈 가린 여신의 저울은 어찌 기울고,
너의 칼은 음산한 달빛에 춤추었더냐
승냥이를 베라고 준 칼에 베인 양들이 울어댄다
그 울음소리에 한 귀라도 기울여 다오

흙을 타고 내리는 물은 틈이 있으면 스며들고
골이 있으면 따라 흘러내린다
흘러서 실개천이 되고
침사지에 모였다 하천을 흐른들
비탈진 네 생이 일그러질 리 있을까

물이 아래를 보고 아래로 흐를 때
법면에 기댈 것 없는 소들은 풀밭에서 풀을 뜯는다

진드기

내가 사는 초록빛 잔디밭에는 진드기들이 산다

숙주는 도처에 널리고
경계하지 않는 육신은 흡혈의 절정에 이를 즈음 사선을 넘나든다

귓불에 붙어 올여름 내내 피를 빨린 강아지처럼
여린 가지에 붙어 올여름 내내 분말 같은 선녀벌레에
수액을 빨린 영산홍 여린 가지처럼
한 평 반 고시원에 사는 청년은
기대할 것 없는 장년처럼 말라간다

강아지도,
텃밭 정원수도,
늘 푸르러야 할 내 아들 이십 대도
저항 없이 빨리어 핏기 없이 파리한 얼굴

더 이상 빨릴 것 없어 껍데기만 남을 때까지
이십 대 청춘도 사위고 오십 대 장년도 야윈다

내가 사는

푸르른 듯 정원에는

상팔자인 양 보이지만

악착같이 피를 빨리는 강아지가 살고

악착같이 피를 빠는 게 업인 진드기들이 산다

달의 침묵

달이 싫어
고개 돌려 어두운 그 달이 싫어
내 몸을 탐하던 그 번들거리는 눈빛이 싫어
흐릿한 달빛 타고 억누르는 어둠의 무게에 숨이 막혀
나는 어디에도 없고 승냥이들의 웃음소리만 헤진 내 옷을 비웃어

어두운 달이 싫어
나를 삼킨 그 밤이 싫어
아무리 빌어도 나를 건질 동아줄은 내려오지 않고
달은 오히려 내 비명을 삼키고 말았어

어떻게 이럴 수 있는 거야 그날,
나를 짓이긴 너희들 승냥이와 마주 앉은 그날,
비웃음 가득한 조사실에서 난 다시 한번 짓이겨졌어
내 몸을 찢은 너희들도 가녀린 딸이 있고, 나 같은 누이도 있고
하루를 마치며 돌아가는 너희들 반기는 아내가 있는 이들 아닌가
더는 지탱할 수가 없어 이 어두운 달빛 아래서는

잊지 마

내가 8시 18분 18층에서 떨어질 수밖에 없었던 그날을,

내 죽은 영혼이라도 팔 거야

너희들을 산산이 부수어 버릴 수만 있다면

억울하게 죽은 단역배우 자매의 죽음에 분노하며

잎이 진 자리

찌는 더위
바람이 없어도 숨 쉴 수 있는 건
볕을 피할 수 있는 나무 그늘이 있음이다

땅은 박했고 그들은 늘 가난했다
더운 바람은 공장 컨베이어 위를 지나
쪽방 갈라진 벽 틈을 메운다
그들은 늘 추웠고, 늘 더웠다

가난이 인간을 좀먹던 자리
그곳에서 비지땀을 흘리던 그들에게 그늘이 되어주던 나무
사슴을 말이라 하는 세상에서
붉은색 소낙비 뚫고 파란 싹을 틔운 나무

땅은 거칠어도 그 안에서 움터나는 희망의 새싹으로
언젠가는 같이 웃을 날을 기약하며 살아온 세월

그 잎이 지던 날

그래도 산 자는 무던히 살아지겠으나

잎이 진 자리

뻥 뚫린 가슴 한편으로

폐부를 훑는 더운 바람이 시리다

2018. 07. 24

너무 더운 날, 노회찬 의원을 보내며

2024, 스핑크스의 독백

나, 스핑크스
오랜 잠에서 깨어나 2024년 겨울, 서울 한복판에서 어리둥절해

예전에 난, 테베의 길손들에게 묻곤 했었지
아침에는 네 발, 낮에는 두 발 그리고 밤에는 세 발로 걷는
발이 많을수록 약한 존재는?
그건 너희 인간들의 정체성이잖아
난 그걸 깨닫게 한 거야

너는 뭐지, 진화한 난가
사람도 아니고, 짐승도 아니고, 왕이 아니면서 왕의 모습이고
군림하면서 더 왕이 되고 싶어 한 도대체 너의 정체가 뭐지

난 최소한 길손이랑 거짓 없는 말이라도 섞어
넌 어떻게 하는 말마다 거짓말들을 화수분처럼 쏟아낼 수 있지
홀로 떠들며 제 분에 겨워 격노하는 넌 괴물계에서도 기린아야

우습지 않아?

내가 살던 시대를 찬란하게 업그레이드한 너의 2024년이

하나같이 왕을 꿈꾸는 이들은 너처럼 괴물인 것을

진정한 괴물이라 여겼던 내가 다시 절벽에서 떨어지는 이유는

더 이상 오를 수 없는 경지의 괴물

너를 보았기 때문이야

발광(發光)

나도 누군가에게 빛을 발하는 그 무엇이어야 한다

캄캄한 어둠에 갇힌
모든 이들이 두리번거리며 찾던 그 빛

그러나 알지 못했다
닭 모가지를 비틀고
정차된 기차가 첫차의 나른한 기지개를 거듭한들
손에 잡힐 듯한 새벽은 늘 지평선 아래 저만치 있다는 것을

그러나 또한 알지 못했다
기다린 것은 빛을 품은 새벽이 아니라
새벽을 가져오는 그들 누군가인 것을

누군가는 존재만으로 오로라 같은 빛을 내뿜고
또 누군가는 어둠을 몰고 오는 술 취한 발광(發狂)을 한다
사우론의 미친 반지를 낀 오크 같은 포고령이 대낮을 도둑질하려 할 때
형형색색 미래봉을 든 키세스들이
눈을 뒤집어쓴 채 가져온 여명

하여 누군가의 기다림이 되고
생떼 같은 억지를 풀어내는 순리가 되고
또 누군가의 간절함이 되고프거든
때 되면 오는 용산역 기차 같은 새벽이 아니고
뒤틀린 세상에 아닌 건 아니라고
반지보다 더 서늘한 빛을 뿜는 그들의 눈빛같이 될 일이다

광장의 서광은
춤추고 노래하며 소리로 빛을 부르고
눈비 맞으며 몸에 빛을 휴대하고 오는 그들로부터 맞이할 일이다

　　박승재 시집은 이 지상에 사는 81억 명의 사람 중에 단 한 사람을 위한 시집이다. 그 한 사람을 가슴에 품고 한 편 한 편 엮어낸 시인의 마음을 가늠해 본다. 또 이 시집의 시편들을 읽으며 시인의 마음 밑바닥까지 들여다보는 그 한 사람의 마음도 생각해 본다. 이 자체로서 이 시집은 그지없이 아름답고 웅장한 삶의 풍경화이다.

　　시집의 헌정 대상인 그 한 사람, '따뜻한 기운이 밥 짓는 훈증(燻蒸)처럼/모락모락 피어오르는 그곳/연인 같은 그녀와 칡넝쿨처럼 엉키어 뿌리내리는 그곳'에 함께 사는 사람이다. 그리고 그 한 사람은 '상냥한 얼굴로 밥을 짓고, 빨래를 널며/하루해 동안 있었던 일을/하루해가 모자라게 종달새처럼 노래'하는 사람이다.

　　시인은 '단 한 사람, 평생의 내 사랑 - 그녀가 행복할 수 있다면 이 책의 존재로 인해 내게 쏟아질지 모르는 무수한 힐난을 감수할' 것이라고 했다. 그래야 할 것이다. 많은 사람이 부러움과 질투의 시선으로 속을 끓이면서 이 시집을 읽을 것이기 때문이다.

시인 이중현

『존재의 외침』을 읽고_ 지음(知音)의 마음으로

좋은 시란 단순히 언어의 조화가 아니라, 그 속에서 울려 퍼지는 마음의 떨림으로 우리를 감싸는 어떤 것이다. 『존재의 외침』은 그러한 울림을 품고 있다. 이 시집을 읽으며 나는 백아와 종자기의 이야기, 즉 '지음지교(知音之交)'를 떠올렸다.

시인과 죽마고우인 나도 문학을 꿈꾸던 젊은 시절이 있었다. 그러나, 맑은 감성에서 솟아나는 시인의 글줄기들을 마주하면서, 나는 백아의 거문고 연주를 들으며 그 뜻을 정확히 알아차리고 맞장구를 치던 종자기의 역할이 내가 해야 할 일임을 일찌감치 깨달았고, 지금도 그때의 그 선택을 다행으로 생각한다.

이 시집은 언어의 조탁이거나 삶의 넋두리가 아니라, 저자가 살아온 인생의 음색을 오롯이 담고 있는 거문고의 선율이다. 저자가 사랑한 사람, 아꼈던 가족, 바라본 세상, 그리고 그 속에서 울고 웃던 순간들이 한 편 한 편의 시 속에서 조용하지만 깊은 메아리를 울린다.

특히 아내를 향한 사랑을 담은 시들은 마치 종자기가 백아의 음악을

완벽히 이해한 것처럼, 서로를 온전히 이해하고 받아들이는 관계 속에서만 나올 수 있는 깊은 공감의 정서를 담고 있다. 이는 단순한 낭만적 애정이 아니라, 함께한 세월을 통해 다져진, 서로를 있는 그대로 이해하는 동반자적 사랑이다.

또한, 삶의 무게를 견디며 지나온 흔적이 깃든 작품들은 마치 거문고의 낮은 현에서 울려 나오는 묵직한 떨림과 같다. 가족에 대한 애틋함, 세상의 부조리에 대한 울분, 그리고 인간으로서의 희망과 체념이 교차하는 순간들이 그 속에 살아 있다.

시인은 이 시집을 통해 자신의 인생을, 그리고 사랑하는 사람들을 향한 마음을 글로 새겼다. 그리고 이 책을 읽는 우리는 마치 종자기가 백아의 곡조를 듣고 공감했던 것처럼, 그의 삶과 감정을 '함께 느끼고 이해하는 지음(知音)'이 될 수 있다.

『존재의 외침』은 단순한 시집이 아니라, 한 사람의 삶이 깃든 연주이며, 이를 듣고 공감할 줄 아는 이에게는 무엇보다 값진 선물이 될 것이다. 이 책을 펼치는 순간, 우리는 저자의 마음과 깊이 연결되는 아름다운 우정을 경험하게 된다.

벗, 김용범